너에게 별을 켜줄게
너에게 장미꽃을 줘

너에게 별을 켜줄게
너에게 장미꽃을 줘

김이율 지음

미래문화사
MIRAE

친애하는
어린왕자에게

네가 들려준 별과 장미의 이야기를 생각하면 가슴이 저려와.

누군가를 사랑한다는 건 얼마나 아름답고도 아픈 일인지 나는 잘 알

고 있거든.

너는 장미를 위해 행성을 떠났지만, 나는 머물 곳을 늘 꿈꿔.

우리는 정반대처럼 보이지만, 어쩌면 같은 길을 걷고 있는지도 몰라.

너는 길들이는 것을 이야기했지.

누군가를 길들인다는 건 책임을 지는 일이라고.

그 말을 가만히 곱씹어봤어.

나는 세상을 사랑하려고 애쓰지만, 때때로 세상이 나를 받아주지 않

을 때도 있거든.

그럴 땐 나도 작은 행성 하나쯤 갖고 싶다고 생각해.

하지만 나는 이곳에서 나만의 장미를 키워야 해.

너처럼 여행을 떠날 수도, 작은 별 위에서 하루에 수십 번이나 석양을 지켜볼 수도 없지만, 이곳에서 나만의 석양을 그리고 나만의 꿈을 키워갈 거야.

네가 내게 길들었다면, 나도 너에게 길든 걸까?

아니, 어쩌면 우리는 처음부터 서로를 알았던 걸지도 몰라.

네가 별을 바라볼 때, 나는 같은 별을 바라볼게.

그러면 우리는 멀리 떨어져 있어도 함께 있는 거겠지?

네가 힘들고 지칠 때면, 내가 네 작은 손을 꼭 잡아줄 수 있다면 얼마나 좋을까?

네 장미가 외로워하지 않게, 내 장미에게도 따뜻한 이야기를 들려줄게.

그러니 부디 네가 떠난 길 끝에서 더 넓은 세상을 만나길 바라.

 붉은 노을과 초록 언덕을 사랑하는 앤이

친애하는
앤에게

너를 생각하면 석양이 천천히 붉게 물드는 순간이 떠올라.

눈부시게 아름답지만 어딘지 쓸쓸한 그 빛깔 말이야.

너는 바람처럼 자유롭고 햇살처럼 따스하고 불꽃처럼 타오르지만,

그만큼 쉽게 상처받고 눈물 흘리는 사람이지.

나는 네가 부러워.

너는 세상이 정해둔 색깔에 물들지 않고 자신을 그려가잖아.

수많은 사람이 현실을 핑계로 꿈을 지우지만, 너는 오히려 꿈으로 현

실을 물들이니까.

너는 가난 속에서도 풍요를 찾고, 외로움 속에서도 이야기를 만들어

내지.

이 세상이 조금 더 환하고 아름답다면, 그건 네가 존재하기 때문일

거야.

하지만 때론 너무 애쓰지 않아도 괜찮아.

네가 애쓰지 않아도, 어떤 꿈은 네 곁으로 알아서 찾아올 테니까.

네가 잡지 않아도, 어떤 손길은 네 손을 놓지 않을 거야.

사람들은 네 머리카락을 붉다고 놀리지만, 나는 저무는 노을 같아 좋아.

네가 좋아하는 초록빛 세상에도 붉은색은 꼭 필요하니까.

언젠가 네가 지쳐 하늘을 올려다볼 때, 별 하나가 너를 위해 반짝이

고 있을 거야.

그건 아주 먼 행성에서 내가 너를 위해 켠 작은 불빛이야.

그러니 외롭거나 슬퍼질 때면 밤하늘을 올려다봐.

우리는 다른 별에서 태어났지만, 같은 별을 보며 살아갈 테니까.

 언제나 네 꿈을 응원하는 어린왕자가

차례 ──────○

마음으로 보는 것

> 오직 마음으로 보아야 잘 보여.
> 가장 중요한 것은 눈에 보이지 않아.

세상은 눈으로 볼 수 있어요. 빛나는 건물, 넘실거리는 파도, 사람들의 표정도 눈으로 확인할 수 있죠. 그러나 정말 붙잡아야 할 것은 손에 닿지도, 눈에 보이지도 않아요. 사랑은 무게가 없고, 믿음은 빛깔이 없고, 희망은 형태조차 없잖아요. 하지만 사람은 그런 것들 없이는 살아갈 수 없어요. 보이지 않는다는 이유로 쓸데없다고 여기기 쉽지만, 눈에 보이지 않기에 오히려 강력한 힘을 발휘하죠. 바람은 보이지 않아도 나뭇잎을 흔들고, 중력은 보이지 않아도 모든 것을 제자리로 끌어당기니까요.

때로 사람들은 눈에 보이는 것만 좇곤 해요. 하지만 모래처럼 손에 쥐는 순간 흩어지고 사라져버려요. 그러니 삶이란 보이지 않는 것을 찾아가는 여정인지도 몰라요. 마음으로 바라볼 때 더 선명하게 다가올 거예요.

보지는 못했지만 마음으로 깊이 깨달은 경험이 있다면, 어떤 순간이었나요?

나만의
초록 지붕 찾기

> 내게 초록 지붕 집이 있는 게
> 얼마나 기쁜지 몰라요.

사람들은 더 크고 화려한 집을 원하죠. 높은 층수의 아파트, 넓은 마당처럼요. 하지만 진짜 중요한 것은 크기가 아니라, 그 집이 어떻게 나를 품어주는가가 아닐까요? 큰 성이라도 마음이 쉬지 못하면 감옥이 되고, 작은 오두막이라도 온전히 나를 품어주면 궁전처럼 느껴지니까요.

초록 지붕은 단순한 지붕이 아니에요. 세상의 모든 소음과 낯선 시선에서 나를 숨겨주는 피난처이자, 내 이야기가 층층이 쌓여가는 조용한 서고예요. 무엇보다 중요한 건, 그 지붕 밑에 있는 나 자신이에요. 내가 나로 있을 수 있는 공간, 가면

을 벗고도 편안한 순간이요. 비로소 숨을 쉴 수 있는 나만의
'초록 지붕'을 가지고 있나요?

진정한 안식과 행복은 어디에서 비롯된다고 생각하나요?

과정에서
행복 찾기

네가 오후 4시에 온다면
나는 3시부터 행복해지기 시작할 거야.

행복을 느끼게 하는 순간은 다양하죠. 그저 기쁜 순간만이 아니라, 그 순간을 기다리는 과정에서도 행복이 피어날 수 있어요. 우리는 결과만을 중요하게 여기곤 하지만, 사실 삶의 아름다움은 결과를 향해 가는 길 위에서 발견돼요. 기대하고 설레는 마음, 기다리는 동안 피어나는 작은 기쁨, 그런 감정이야말로 진정한 행복의 일부가 아닐까요?

사랑하는 사람과의 만남이든 꿈을 향한 여정이든, 그 길을 걸으며 행복해질 수 있어요. 중요한 것은 단순히 '기다림'이 아니라 그 과정을 '기쁨'으로 채우는 마음가짐이에요. 당신은 지금 무엇을 기다리고 있나요? 그리고 그 기다림에서 어떤 감정을 느끼나요?

지금 가장 간절히 기다리고 있는 것은 무엇인가요?

완벽한 날은 없다

> 내일은 아직 실수로 얼룩지지 않은
> 새로운 날이라는 생각이 참 멋지지 않나요?

　어제의 실수는 흔적처럼 남지만, 그것이 오늘의 방향까지 결정할 필요는 없겠죠. 과거는 이미 닫힌 문이고, 미래는 아직 열리지 않은 창이에요. 우리가 발을 디딜 수 있는 유일한 공간은 '지금'이라는 좁은 문턱인지도 모르죠.

　우리는 '완벽한 날'을 기다리곤 하지만, 완벽한 날이란 결코 오지 않아요. 삶을 완벽하게 채우겠다는 강박이 오히려 우리의 손을 얼어붙게 만들죠. 어쩌면 완벽한 그날은 이미 와 있는데 알아보지 못하는 것일지도 몰라요. 그러니 완벽한 날을 기다리지 마세요. 기다리는 동안에도 시간은 흐르고 삶은 계속되니까요. 중요한 것은 '언제'가 아니라 '어떻게'예요. 그러니 나날이 새롭게 도착하는 오늘이라는 선물을 주저하지 말고 펼쳐봐요.

오늘을 어떤 마음가짐으로 시작하고 싶나요?

마음을 들인
시간에 대한 예의

> 길들인다는 것은
> 관계를 만든다는 뜻이야.

처음에는 스쳐 지나가는 존재였지만, 어느 순간 그의 부재가 허전하게 느껴지면 비로소 그 관계가 마음속 깊이 뿌리내렸음을 깨닫곤 하죠. 관계란 오래된 나무처럼 자라요. 그래서 급하게 가지를 뻗으면 쉽게 부러지고, 뿌리가 얕으면 금세 쓰러져요. 서로를 점점 이해하며 인내의 시간을 거쳐야 단단한 유대감이 형성되죠.

세상에 있는 많은 것은 대체될 수 있어요. 하지만 마음으로 맺어진 인연은 쉽게 사라지지 않아요. 길들인 존재는 단순한 만남을 넘어 내 세계에서 유일무이한 자리가 되죠. 그러니 길들인 것에는 책임을 져야 해요. 그것은 의무라기보단, 서로를 잊을 수 없게 만든 시간에 대한 예의죠.

소중한 관계를 맺고 지키기 위해 가장 중요한 것은 무엇일까요?

행복은
내 안에 있는 것

> 행복은 크기가 아니라
> 느낌에 달려 있어요.

같은 햇살을 받아도, 누군가는 눈을 찡그리고 누군가는 그 따스함을 온전히 끌어안잖아요. 결국 세상을 비추는 것은 태양이 아니라 그것을 받아들이는 내 시선이에요. 거대한 궁전에서 살아도 마음이 비어 있다면 텅 빈 성벽에 불과하고, 작은 찻잔 하나라도 온기가 깃들어 있다면 가장 따뜻한 보금자리가 되겠죠.

그러니 행복을 쌓아야 할 무언가가 아니라 발견해야 할 순간으로 바라보면 어떨까요? 완벽한 조건이 갖춰져야만 기쁨을 느끼는 것이 아니라, 이 순간 숨 쉬고 있다는 사실로도 충

분한 거죠. 행복은 외부에서 오는 것이 아니라, 내 안에서 발견하는 거예요. 그러니 얼마나 넉넉한 마음가짐으로 하루를 살아가는가가 중요해요.

지금 눈감고 떠올렸을 때 가장 따뜻하게 느껴지는 순간은 언제인가요?

숫자는 사라져도
기억은 남는다

어른들은 숫자를 좋아해.
나이며, 형제는 몇 명인지, 월급은 얼마나 되는지.
하지만 정작 중요한 것은 묻지 않아.

사람들은 나이를 묻고, 월급을 계산하고, 집의 크기를 따져요. 삶을 숫자로 재려 하는 거죠. 하지만 숫자는 깊이를 설명하지 못하고, 크기는 온기를 측정하지 못해요. 마흔의 얼굴에도 스무 살의 꿈이 있어요. 높은 연봉을 받아도 마음이 가난할 수 있고요. 넓은 집이라도 온기 없이 텅 비기도 해요. 숫자는 형태를 보여주지만, 본질은 숨겨놓죠. 따뜻한 손길이 남긴 온도는 계산할 수 없고, 오래된 친구의 진심은 잴 수 없어요. 기억에 남는 순간순간은 단위로 나눌 수 없는 감정으로 이루어져 있죠.

삶을 숫자로 기록하지 말고 온기로 채우세요. 발자국을 남기는 것이 아니라 흔적을 새기세요. 숫자는 사라져도, 기억은 남고 온기는 전해지며 진심은 영원히 흐르니까요.

숫자를 따지기 전에 상대방의 마음을 물어본 적이 있나요?

있는 그대로의
내가 단단하다

> 난 나 자신이 되는 게 좋아요.
> 다른 사람이 되고 싶진 않아요.

나는 나예요. 빛이 가득한데 굳이 그림자가 될 필요가 없죠. 길이 있는데 남의 발자국을 따라갈 필요도 없을 테고요. 세상은 비교하고 판단하며 더 나아지라고 속삭이지만, 정작 진짜 나로 존재하는 것만큼 대담하고 자유로울 수 있을까요? 나의 목소리는 메아리가 아니라 처음 울리는 소리여야 하고, 남이 정한 속도에 맞추느라 숨이 차오를 바에야 느려도 내 걸음을 지키는 편이 나을 거예요.

남들은 결점이라고 하지만, 어쩌면 그조차 나를 이루는 고유한 결인지도 몰라요. 흠 없이 반듯한 돌보다 거친 결이 남아 있는 돌이 더 단단하듯, 나 역시 있는 그대로가 단단하죠.

세상이 정한 기준이 아니라, 나만의 의미로 존재하는 건 아름다운 선택이에요.

세상의 기대와 나만의 고유함 사이에서 균형을 잡기 위해서는 어떻게 해야 할까요?

애정을 쏟은 시간은
마음에 뿌리를 내린다

네 장미꽃이 그렇게 소중한 이유는
네가 장미꽃을 위해 시간을 쏟았기 때문이야.

무언가를 소중히 여기는 건 단순한 애착이 아니라 시간이
스며들었기 때문이에요. 오래 머문 손길만이 온도를 남기고,
깊이 바라본 눈길만이 의미를 만들죠. 장미 한 송이는 무심히
지나치면 많은 꽃 중 하나일 뿐이지만, 애정을 기울이는 순간
세상에 단 하나뿐인 존재가 돼요. 사람과의 관계도 마찬가지
예요. 쉽게 얻은 것은 가벼운 바람에도 흔들리고, 스쳐 지나
간 것은 금방 잊혀요. 하지만 애써 기다린 것은 몸에 새겨지
고, 오랜 시간 보살핀 것은 마음에 뿌리를 내리죠.
　아끼는 것을 대하는 태도를 다시금 곰곰히 생각해보세요.

당신의 사람과 순간에 시간을 들이고 온기를 남겨보세요. 언젠가 그 시간이 당신을 지켜줄 거예요.

오랜 시간 애정을 쏟은 것은 무엇이고, 그 과정에서 무엇을 배웠나요?

꿈은 나누면
더 선명해진다

> 혹시 내가 조금이라도 맘에 드니?
> 내 말은, 영혼의 단짝으로서 말이야.

같은 길을 걷지 않아도 같은 하늘을 바라본다면 우리는 연결돼 있어요. 친구란 발걸음이 다르고 가는 길이 다르더라도 서로를 인정하고 기꺼이 응원하는 존재예요. 목적지가 똑같지 않아도 서로의 여정을 이해하는 순간 같은 꿈을 꾸는 셈이죠. 기쁠 때는 두 배로 즐거워지고, 슬플 때는 절반으로 가벼워지는 이유도 거기에 있어요. 먼 길을 가는데 그런 존재가 옆에 있다면, 목적지에 도착하지 않아도 이미 충분히 행복할 거예요.

꿈은 혼자 꾸기보단 나누는 순간 더 선명해져요. 서로의 이야기에 귀 기울일 때 새로운 길이 열리고, 함께한 시간 속에서 믿음은 단단해질 거예요.

함께 꿈을 꾸는 친구가 있나요?

말없이 세상을
빛내는 존재

> 별들은
> 침묵 속에서 빛나고 있어.

별은 스스로를 드러내려 애쓰지 않아도 밤하늘을 가득 채
워요. 소리내어 자신을 증명하지 않아도 빛만으로 충분하죠.
사람들은 큰 소리와 화려한 빛에 주목하지만, 깊은 밤에는 조
용히 타오르는 작은 별빛이 가장 선명하게 드러나요.

자신의 자리에서 묵묵히 하루를 쌓아가는 서민들, 누구의
시선도 의식하지 않고 자신의 길을 걸어가는 사람들, 말없이
세상을 환하게 물들이는 존재들. 그들은 침묵 속에서도 빛나
고 스러지지 않아요. 빛은 결코 강하게 내리쬐기만 하지 않
죠. 눈부시게 빛나지 않아도 흐릿하게, 잔잔하게, 그러나 분

명하게 남기도 하는 건 아닐까요? 어쩌면 가장 위대한 빛은 보는 이를 조용히 감싸 안는 어딘가의 작은 빛인지도 몰라요.

세상이 시끄러울 때도 자신만의 빛을 잃지 않으려면 어떤 태도가 필요할까요?

삶에 피어난
작은 위로

> 꽃이 없으면
> 인생이 얼마나 삭막할까요?

꽃이 사라진 세상을 떠올려보세요. 길을 물들인 색이 지워
지고, 계절이 건네던 인사도 들리지 않을 거예요. 꽃은 단순
한 장식이 아니라 시간 속에서 피어나고 스러지는 또 하나의
언어예요. 자신의 끝을 알면서도 피어나기를 주저하지 않는
용기이자, 존재하는 것만으로 세상을 환하게 만드는 조용한
기적이기도 하죠.

꽃이 없다면 우리는 무엇을 보며 기다림을 배울 수 있을까
요? 단 한 번 피어나기 위해 오랜 시간을 참고 견디는 법을
어떻게 알 수 있을까요? 화려함보다 중요한 것은 죽음을 두

려워하지 않는 삶의 태도예요. 꽃은 아름답기도 하지만, 모든 순간이 빛날 수 있음을 보여주기도 하죠. 꽃이 그러하듯 우리의 하루도 누군가의 계절에 오래도록 남아 따뜻한 기억이 되길 바라요.

내 마음속에 피어난 보이지 않는 '꽃'은 무엇인가요?

설렘을 잃지 않기

> 어린아이는
> 어른들에게 항상 설명해야 해.

어린아이는 어른에게 오늘도 질문을 던지죠. 바람이 보이지 않으면서도 느껴지는 이유를, 그림자가 사라졌다가 나타나는 이유를, 눈물에서 짠맛이 나는 이유를요. 아이들은 끝없이 상상의 문을 열지만, 어른들은 익숙한 것만 받아들이고 상상의 문을 닫아버려요. 어쩌면 배워야 하는 건 아이들이 아니라 이미 감각이 닳을 대로 닳아버린 어른들인지도 몰라요.

어른이 된다고 세상만사를 이해하는 것은 아니에요. 대신 이해할 수 없는 것에도 설렘을 느낄 줄 아는 마음을 잃지 않는 게 중요해요. 어른도 한때는 바람에 말을 걸고 그림자와

놀며 아무것도 아닌 일에서 의미를 찾아내기도 했을 거예요.
그 기억은 사라진 것이 아니라 깊이 잠들어 있을 뿐이죠.

마지막으로 아이의 눈높이에서 세상을 바라본 건 언제인가요?

상상은
가능성을 여는 문

> 세상은 상상할수록
> 더 아름다워져요.

꽃 한 송이에도 낯선 이야기가 깃들고, 평범한 돌멩이에도
오래된 시간이 숨어 있어요. 무심히 스쳐 지나가던 길목에도
한때는 누군가의 기다림과 꿈이 머물렀겠죠. 세상은 단순히
정해진 틀이 아니라 바라보는 방식에 따라 끊임없이 변하는
풍경이에요.

상상은 단순한 공상이 아니라, 존재하지 않던 가능성을 여
는 문이기도 해요. 현실이 바뀌지 않더라도 그것을 바라보는
시선이 바뀌는 순간 모든 것이 달라져요. 그러니 아직 오지
않은 날을 두려워하기보다는 그 속에 숨어 있을 가능성을 기

대해봐요. 우리가 상상하는 것이 곧 살아갈 세계의 시작일 테니까요.

지금 가장 아름답게 변화시키고 싶은 것은 무엇인가요?

마음 비춰 보기

> 스스로를 판단하는 것이
> 남을 판단하는 것보다 훨씬 더 어려워.

타인의 모습은 한발 물러서서 바라볼 수 있지만, 정작 자신
은 거울 없이 바라볼 수 없어요. 그래서 타인의 실수에는 쉽
게 판단하면서도, 자신의 모순 앞에서는 지나치게 관대해지
거나 가혹해지곤 하죠.

어떤 날은 다른 사람의 시선에서 나를 찾고, 어떤 날은 내
면에서 들려오는 목소리에 휘둘려 길을 잃고 말아요. 정말로
어려운 것은 자신을 판단하는 일이 아니라 있는 그대로 마주
하는 일일지도요.

거울이 있어야만 얼굴을 볼 수 있듯이, 마음도 때로는 비춰

보아야 해요. 흐릿하게만 보이던 나의 모습이 점점 또렷해질 때 비로소 타인과 세상을 향한 시선도 바뀔 거예요.

있는 그대로의 자신을 받아들이기 위해 어떤 노력이 필요할까요?

잃어야
새로 시작되는 길

> 난 언제나
> 내 길을 찾을 거예요.

길이 강물처럼 흐른다면 물살을 거스르기보다 흐름을 읽으며 나아가면 되고, 숲처럼 얽혀 있다면 나뭇잎 사이로 스며드는 빛을 따라 걸으면 되죠. 때로 안개가 내려 앞이 보이지 않을 수도 있지만, 안개는 머무는 법이 없으니 조급해하지 말아요. 길이란 찾는 것이 아니라 걸어가며 만들어지니까요.

누군가의 발자국을 따라 걷는 대신, 맨발로 흙을 느끼며 보폭에 맞는 리듬을 찾아가요. 길을 잃었다고 느낄 때야말로 오히려 새로운 길이 시작될지도 몰라요. 한 걸음, 한 걸음이 쌓여 나만의 길이 되죠. 언젠가 뒤돌아보면 이렇게 말할 거예요. 어느 방향이든 발을 내디딘 순간부터 길은 이미 내 것이었다고.

길을 찾지 못했을 때, 멈춰 서기보단 새로운 길을 만들어가는 편인가요?

보이지 않는
물길을 찾기

> 사막이 아름다운 이유는
> 어딘가에 우물이 숨어 있기 때문이야.

끝없이 이어지는 모래바람에도 여행자가 다시 걸음을 내딛는 것은 보이지 않는 물길이 땅 아래 흐르고 있다고 믿기 때문이에요. 사막은 텅 빈 것 같지만, 보이지 않는 곳에서는 샘이 차오르고 바람이 길을 만들죠. 삶도 마찬가지예요. 마른 대지 위를 걷는 것처럼 보이지만 그 아래에는 끊임없이 무언가가 흐르고 있으니까요.

때로 지쳐서 멈춰 서곤 하지만 숨을 고르는 시간일 뿐이에요. 해가 뜨거울수록 밤하늘의 별이 더 선명해지듯이, 길이 멀어질수록 기다리는 순간은 더욱 깊어져요. 가끔은 앞이 보이지 않아도 바람이 우리를 어디론가로 데려가고 있을지 몰라요. 수많은 발걸음도 사막의 모래가 흔적 없이 지우듯이, 쓰러졌던 자리도 언젠가 흔적 없이 사라지고 우리가 걸어온 길만 남을 거예요.

희망이 보이지 않을 때도 계속 걸어갈 수 있는 힘은 어디에서 나올까요?

기적은 가장 가까운 곳의
따뜻한 손길

> 우정을 맺는 건
> 마치 기적 같아요.

우정은 우주의 질서에 따라 별과 별이 서로 중력을 감지하고 조용히 궤도를 맞춰가는 것과 같아요. 수많은 빛 속에서 단 하나를 알아보고, 멀리 있어도 서로를 끌어당기는 힘이 작용하는 거죠. 때로는 작은 등불처럼 길을 밝혀주고, 때로는 오래된 나무처럼 변함없이 그 자리를 지켜요.

함께 나눈 웃음은 하늘에 새겨진 별이 되고, 흘린 눈물은 마른땅을 적시는 비가 되죠. 눈에 보이지 않는 끈이 있어야만 서로를 단단히 이어주는 게 아니에요. 어떤 인연은 말하지 않아도 이해하고, 떨어져 있어도 변하지 않거든요. 우리는 기적

을 멀리서 찾지만, 어쩌면 가장 가까운 곳에서 따뜻한 손길로
존재하는 걸지도 몰라요.

가장 친한 친구와의 첫 만남은 어디이고, 첫인상은 어땠나요?

가시에 덜 찔리는
법을 배우기

가시에 찔렸다고 해서
모든 장미를 미워하는 것은 어리석은 일이야.

한 번의 비로 옷이 젖었다고 하늘을 원망할 수 있을까요? 비는 지나가고, 무지개는 떠오르며, 마른 땅에도 새싹이 돋아나거든요. 바닷물이 차갑다고 바다를 등질 수도 없어요. 밀려왔다 밀려가는 파도 속에 수많은 생명이 숨 쉬고 있다는 것을 안다면요.

누군가가 내 마음을 아프게 했다고 해서 그 사람을 끝없이 원망할 필요는 없어요. 상처는 남지만, 나를 더 단단하게도, 더 깊게도 만들어주니까요. 아픔을 피해 도망치기보다는 그 아픔에서 무엇을 배울 수 있을지 생각해봐요. 장미를 미워하는 대신 가시에 덜 찔리는 법을 배우는 것처럼, 삶도 그렇게 부딪히면서 길을 찾아가는 것이니까요.

인생에서 '가시에 찔린 순간'이 오히려 나를 더 성장하게 만든 적이 있었나요?

사랑은 위대한 힘

사랑이 있으면
어떤 어려움도 이겨낼 수 있어요.

사랑은 위대해요. 거센 폭풍 속에서도 등불 하나만 있으면 길을 잃지 않듯이, 사랑은 얼어붙은 겨울을 지나게 하는 따뜻한 손길이자 광야를 걷는 나그네에게 건네는 한 모금 물이에요. 사랑이 있는 곳에서는 상처도 꽃을 피우죠. 흐린 날에도 햇빛이 스며들고, 메마른 땅에서도 생명이 자라지요.

사랑이란 감정이 아니라 길이에요. 그 길을 따라 걸어가는 동안, 사람은 더 단단해지고 깊어져요. 때로는 지쳐도, 서로를 바라보는 눈빛 하나로 다시 일어설 수 있어요. 사랑은 그렇게 우리를 앞으로 나아가게 하는 가장 강한 힘이니까요.

가장 힘들었던 순간을 버티게 해준 사랑의 기억이 있나요?

한 세계가
다른 세계를 끌어안기

> 나는 위험한 뱀이 아니야.
> 하지만 네가 너무 슬프다면 나는 널 도울 수도 있어.

나는 당신을 해치지 않아요. 날카로운 이빨도, 거친 발톱도 없으니까요. 그저 안개처럼 스며들어 조용히 길을 걷는 작은 존재일 뿐이에요. 하지만 깊은 슬픔에 잠긴 당신을 마주한다면 그냥 지나칠 수 없어요. 슬픔이 너무 무거우면 삶은 끝없이 가라앉고 말 테니까요.

위로란 말이나 행동이라기보단, 한 사람의 세계가 다른 세계를 조용히 끌어안는 일이에요. 고통은 각자의 내면에서 고유한 무게를 가지지만, 위로는 그 무게를 가볍게 만드는 것이 아니라 함께 존재하도록 돕는 거죠. 혼자서는 감당하기 어려운 순간에도 곁에 머물러주는 존재가 있다면 다시금 한발 내디딜 수 있으니까요.

슬픔이 너무 깊어질 때 그것을 이겨내는 나만의 방법이 있나요?

넘어져도
나아가기

> 난 실수를 하지만
> 그 실수도 나를 성장하게 만들어요.

실수는 나를 흔드는 바람이 아니라 깊이 뿌리내리게 하는 기회예요. 강물은 바위에 부딪히며 더욱 맑아지듯이, 실수 또한 나를 깎고 다듬어 더 단단한 존재로 만들어주죠.

흔들림 없이 완벽한 선은 때로 너무 차갑게 보이고, 틀림없는 음만 이어지는 음악은 너무 단조롭게 느껴져요. 어쩌면 잘못 그린 선이 그림을 더 생동감 있게 만들고, 예상치 못한 음이 음악을 더 깊이 있게 만들기도 해요. 실수는 결코 부끄러운 흠집이 아니라, 나라는 존재를 더욱 입체적으로 빚어가는 흔적이에요. 그러니 실수를 두려워하지 말아요. 실수로 인해

멈춰 서는 것이 아니라, 그로 인해 배운 것을 품고 더욱 단단
한 나로 나아가자고요.

실수를 통해 예상치 못하게 배움을 얻은 적이 있나요?

어둠에서
가장 빛나는 것

> 밤이 되면 나는 별들을 바라봐.
> 마치 500만 개의 종이 울리는 것 같아.

어둠이 내려앉을수록 별은 더욱 선명하게 빛나요. 소리는 없지만 마음속에서는 끊임없이 떨리는 공명으로 다가오죠. 어쩌면 별빛은 빛이 아니라 오래전 우주가 남긴 메아리일지도 몰라요. 사라진 별의 마지막 인사가 지금 내 눈앞에서 반짝이고 있는 거죠.

우리는 어둠을 두려워하지만, 사실 그 속에서 가장 빛나는 것을 만나기도 해요. 마음을 열고 세상을 긍정적으로 본다면, 인생은 별천지이고 내일은 아름다운 메아리로 가득 채워질 거예요.

어둠이 있어야 별이 보이듯, 삶에서 어둠이 주는 선물은 무엇일까요?

미래라는 백지에
채우는 글씨

> 미래는 아직 아무것도 쓰여 있지 않은
> 새하얀 종이 같아요.

　미래는 아무런 흔적도 남아 있지 않은 눈 덮인 들판과 같아요. 어디로 발걸음을 내딛느냐에 따라 길이 만들어지죠. 때로는 망설이며 머뭇거릴 수도 있고 실수로 넘어질 수도 있지만 그 자국마저도 나만의 이야기예요. 중요한 건 빈 종이가 아니라 그곳에 무엇을 채우느냐죠. 미래는 정해진 것이 아니라 직접 써 내려가는 이야기예요.

　두려워하지 말고 나만의 문장을 적어봐요. 때로는 삐뚤빼뚤해도 괜찮아요. 예상치 못한 색이 섞인 그림인들 어때요. 세상에 단 하나뿐인 걸작인걸요.

지금 선택하고픈 가장 중요한 한 문장은 무엇인가요?

살아남기 위해
애쓰기

> 꽃들은 너무나도 나약해.
> 스스로를 지킬 힘이 없어. 그래서 속임수를 써.

꽃잎은 너무도 부드럽고 약해서, 바람 한 점에도 쉽게 흔들리고 거친 비에도 상처를 입어요. 그래서 꽃은 속임수를 쓰기도 해요. 가시를 내밀어 위협적인 척하기도 하고, 눈부신 색으로 독이라 착각하게 만들기도 하죠. 어떤 꽃은 향기로 유혹해 도움을 얻고, 어떤 꽃은 시든 척하며 위험을 피하기도 해요. 남을 해치지 않는 한, 작은 속임수는 살아남기 위한 지혜예요.

약하다는 건 곧 사라진다는 뜻은 아니에요. 꽃이 속임수를 써서라도 피어나듯, 우리도 살아남기 위해 애써야 해요.

스스로를 지키기 위해 작은 속임수를 사용한 적이 있나요?

기대 너머의 순간

> 인생은
> 기대하지 않은 순간이 가장 특별해요.

인생을 계획된 악보처럼 연주하려 하지만, 가장 아름다운 선율은 예고 없이 찾아오는 법이지요. 낯선 골목에서 우연히 마주친 작은 꽃집이 하루를 환하게 밝히기도 하고, 길을 잃었다고 생각한 순간 뜻밖의 풍경이 마음을 적시기도 하죠. 예측할 수 없기에 감동은 더욱 깊어지고, 기대하지 않았기에 선물은 더욱 소중해지듯이요.

어쩌면 인생은 끝없는 숨바꼭질인지도 몰라요. 그러니 길을 정해두지 마세요. 문을 열어두세요. 어쩌면 당신이 찾고 있던 가장 특별한 순간이 그 문 뒤에서 기다리고 있을지도요.

인생에 깜짝 선물이 하나 주어진다면 어떤 것이길 바라나요?

나만의 리듬 찾기

바람이 어디서 오는지 아는 것은 중요하지 않아.
중요한 건 너의 길을 찾는 거야.

바람은 늘 춤추듯 변해요. 어떤 날은 등을 밀어주며 노래하고, 어떤 날은 앞을 막아서며 장난을 치죠. 하지만 바람이 분다고 내 길마저 흔들려야 할까요? 길은 지도에 그려진 선이 아니라 마음속 불꽃이 가리키는 곳에 있어요. 폭풍이 불어도, 바람이 멈춰도, 발걸음은 스스로 노래할 수 있어야 해요.

두려워하지 마세요. 바람은 결코 미로에 가두려 하지 않아요. 그저 더 넓은 하늘을 알도록, 더 멀리 나아가라고 속삭일 뿐이니까요. 그 흐름 속에서 나만의 리듬을 찾아 춤출 준비를 해봐요.

바람이 말을 건다면 어떤 이야기를 들려줄 것 같나요?

매일이
살아 있음의 축복

어떤 하루든
새로운 기회가 될 수 있어요.

어떤 날은 흐리고 어떤 날은 맑지만, 태양은 언제나 그 자리에 있어요. 하늘에 구름이 가득해도 그 너머에서 빛은 꺼지지 않죠. 오늘이라는 문을 여는 순간 어제와는 전혀 다른 길이 펼쳐지고, 때로 길을 잃었다고 여기지만 그조차 새로운 풍경을 만나는 계기가 되기도 해요.

새로운 하루는 새로운 존재를 발견하게 해줘요. 어제의 실수가 오늘을 가로막는 장애물이 될지, 더 높이 오를 수 있는 발판이 될지는 자신이 바라보기 나름이에요. 기회는 예측할 수 없는 모습으로 다가오니, 열린 마음으로 세상을 바라와야

해요. 눈을 뜨는 순간 또 다른 나를 만날 수 있다는 사실이야
말로 살아 있음의 경이로운 축복이 아닐까요.

예상치 못한 기회가 찾아왔을 때 주저 없이 붙잡을 용기가 있
나요?

답은
먼 곳에 있지 않다

사람들은
자기들이 찾는 것을 늘 보지 못해.

사람들은 찾는 것은 오히려 보지 못하곤 하죠. 너무 가까이 있어 눈에 들어오지 않거나, 멀리 있다고 착각하기 때문이에요. 큰물을 찾아 떠나면서도 발밑의 맑은 샘물을 스쳐 지나가고, 행복을 찾아 헤매다가 손안에 있던 온기를 흘려보내는 셈이죠. 찾으려는 것에만 몰두하면 이미 가진 것의 소중함을 잊고 말아요. 어쩌면 눈을 감아야 더 선명하게 보일지도요.

해답은 먼 곳에 숨겨진 게 아니고, 가장 단순한 것일 수도 있어요. 그토록 찾아 헤매던 것이 이미 곁에서 조용히 머물고 있을지도 모르죠. 지금, 무엇을 바라보고 있나요?

간절히 원하던 것이 손에 들어왔는데 정작 소중한 것을 놓쳤다는 걸 깨달은 적이 있나요?

삶을
사랑하는 이유

우리는 삶을 사랑해야 해요.
언제나, 그리고 어떤 순간에도.

삶은 끊임없이 흐르는 강물과 같아요. 잔잔하든, 거센 물살이 밀려오든, 강물은 결국 바다를 향해 나아가죠. 사랑해야 할 것은 평온한 순간뿐 아니라 폭풍이 몰아칠 때조차도 흐름을 믿고 나아가는 용기예요.

한겨울 얼어붙은 나무도 봄이 오면 새싹을 틔우고, 새는 비바람을 견뎌야만 더 높이 날 수 있어요. 눈물이 흐른 자리에 더 깊은 이해가 피어나고, 상처 난 곳에 더욱 단단한 마음이 자라나듯이요. 삶을 사랑해야 하는 이유는 삶이 완벽하기 때문이 아니라 불완전한 가운데서도 빛을 찾아가기 때문이에요.

오늘이 마지막 하루라면 어떻게 사랑하며 보낼 건가요?

말이 만드는 길

> 말을 한다는 것은
> 오해를 불러일으키는 일이기도 해.

말은 강을 건너는 다리가 되기도 하고, 사이를 가르는 벽이 되기도 하죠. 따뜻한 말 한마디가 닫힌 마음을 열기도 하지만, 어긋난 말이 깊은 상처를 남기기도 하고요. 우리는 같은 언어를 사용하지만 각자의 세계를 살아가기에, 같은 말이라도 어떤 이에게는 위로가 되고 또 다른 이에게는 아픔이 되기도 해요.

때로는 침묵이 말보다 더 깊은 울림을 남겨요. 말보다 눈빛이 더 많은 것을 전하기도 하죠. 그렇기에 말을 내뱉기 전에 내가 할 말이 상대와의 사이에 다리를 놓을지, 아니면 벽을

세울지 스스로 물어봐야 해요. 오늘 내가 뱉은 말은 어떤 길을 만들었을까요?

말로 누군가에게 뜻하지 않은 오해를 불러일으킨 적이 있나요?

행복할 권리

우린 모두
행복할 권리가 있어요.

행복은 하늘을 나는 새와 같아요. 날개가 있어도 바람을 두려워하면 날아오를 수 없죠. 누구나 각자의 방식으로 행복을 찾아야 해요. 햇살이 창가를 두드릴 때 작은 미소를 짓는 것도 행복이고, 비 오는 날 차 한 잔의 온기를 느끼는 것도 행복이에요. 때로는 멀리 있는 보물을 찾으려 애쓰지만, 정작 행복은 발밑에서 반짝이는 작은 조약돌처럼 사소하죠.

행복할 이유를 찾기보다 행복할 권리를 먼저 믿어야 해요. 누구도 대신 살아줄 수 없는 삶이기에 스스로 행복으로 나아가야죠. 누구든 마음껏 웃을 자격이 있어요.

행복을 가로막는 것은 외부의 조건일까요, 아니면 스스로 만든 벽
일까요?

내 별 찾기

나는
내 별에 돌아가야 해.

　　모든 존재는 결국 자신이 떠나온 곳으로 돌아가요. 나뭇잎은 뿌리가 있는 땅으로 내려앉고, 강물은 하늘로 올라가 다시 비가 되어 내리죠. 사람도 몸은 이 땅에 머물러도, 마음은 늘 자신만의 별을 그리워해요. 어떤 별은 어린 날 품었던 꿈, 어떤 별은 소중한 이들이 기다리는 마을일 수도 있죠. 하지만 별은 단순히 돌아가기 위한 곳이 아니라, 다시 빛나기 위해 찾아가는 장소이기도 해요.

　　길을 잃었다고 생각될 때도 하늘을 올려다보면 별은 변함없이 반짝여요. 그 빛을 따라가다 보면 언젠가 자신의 별을 다시 마주할 거예요. 지금 어떤 별을 바라보고 있나요? 그 별은 어디로 부르고 있나요?

돌아가고 싶은 '별'은 어떤 곳인가요?

기쁨의 순간

> 기쁨은
> 작은 것에서부터 시작돼요.

기쁨은 늘 거대한 형태로 오지는 않아요. 눈부신 성취나 요란한 축하로만 느끼는 것이 아니라, 어느 날 문득 창문을 두드리는 바람에도, 지나는 사람과 스치는 눈길에도 숨어 있죠. 어린아이의 손에 꼭 쥔 작은 꽃 한 송이, 불현듯 들려오는 익숙한 노래 한 소절, 생각지 못한 순간 마주한 따뜻한 미소 하나가 마음을 건드리고 세상을 견딜 만한 곳으로 만들어줘요.

그러니 때로는 걸음을 멈추고 스스로 물을 필요가 있어요. 기쁨을 너무 멀리서만 찾고 있지는 않은가? 당연하게 흘려보낸 순간 속에 반짝이는 조각들이 있지는 않았는가? 기쁨은

거리를 두고 바라볼 때가 아니라 가까이 들여다볼 때 비로소 그 존재를 드러내곤 해요. 행복은 기다림이 아니라 발견이며, 순간은 붙잡을 수 없기에 더욱 귀하죠.

기쁨을 느끼기 위해 꼭 필요한 것은 무엇일까요?

보이지 않아도
빛나는 것

나를 잊지 마.
네가 별을 바라볼 때 나는 거기 있을 거야.

기억은 시간 속에 흩어지는 것이 아니라 조용히 스며들어 다른 형태로 남아요. 어떤 것은 바람결에 실려 가고, 어떤 것은 오래된 책갈피에 숨어 있어요. 사람이 떠나도 목소리는 노래가 되고, 손길은 낡은 가구의 온기가 되죠. 잊혀지는 것이 아니라 새로운 자리에서 다른 모습으로 살아갈 뿐이에요. 지금 머릿속에 떠오른 이름도 어쩌면 누군가의 마음속에서 조용히 빛나고 있을지도 모르고요.

사라짐을 두려워하지 마세요. 보이지 않는다고 해서 없어진 건 아니니까요. 누군가를 기억하는 순간 그 사람은 다시 한번 시간 속에 숨 쉴 거예요. 그리고 언젠가 나도 누군가의 하늘에서 가장 따뜻한 별로 남을지도요.

누군가의 하늘에서 어떤 빛으로 기억되고 싶나요?

내가 쓰는 이야기

> 세상은 정말 흥미진진한 곳이에요.
> 모든 순간이 새롭고 신비로워요.

　세상은 마치 마법사의 모자 속과 같아요. 무심코 들여다보면 텅 비어 보이지만, 눈을 크게 뜨고 보면 놀라움이 끝없이 쏟아지죠. 사람들의 목소리는 도시를 흐르는 멜로디가 되고, 거리의 불빛은 무대 위 조명이 되어 밤을 더욱 빛나게 해요. 매일 걷는 길도 사실은 움직이는 퍼즐 조각 같아서 조금만 다르게 보면 전혀 새로운 풍경이 펼쳐지고요.

　세상은 미리 짜인 연극처럼 보이지만, 사실 매 순간 예측할 수 없는 즉흥극 같아요. 그 무대 위에서 각자의 대사를 만들어가며 자신도 모르는 이야기를 써 내려가는지도 모르죠.

자신이 쓸 나만의 인생 이야기, 그 첫 문장은 무엇인가요?

다른 자리,
같은 하늘 아래

언젠가 하늘을
올려다보면 나를 떠올려줘.

하늘은 언제나 머리 위에 있지만 그 존재를 잊고 살아가죠. 고개를 들어 바라보는 순간, 그곳에는 보이지 않던 이야기로 가득해요. 구름은 지나간 꿈을 품고 흐르고, 바람은 누군가의 미소를 머금은 채 흩어지고요. 그러니 언젠가 하늘을 바라본다면 그 누군가의 흔적도 찾아주세요.

그러면 그 누군가가 별빛이 되어 조용히 길을 비춰주고, 달빛이 되어 고단한 밤을 감싸주겠죠. 같은 하늘 아래 있는 사람끼리는 멀어져도 완전히 사라질 수는 없어요. 내가 하늘을 올려다볼 때 그 누군가도 어딘가에서 나를 바라볼 테니까요.

그렇게 서로 다른 자리에서 같은 공간을 공유하며 영원히 연결될 거예요.

하늘의 색이 감정을 대신한다면, 오늘의 하늘은 어떤 색인가요?

꿈을 찾아
그려가는 길

> 나는 평범하게 사는 것보다
> 꿈꾸며 사는 게 더 좋아요.

평범한 길을 걸으면 목적지는 예상할 수 있지만, 꿈을 따라가면 어디로 갈지 아무도 몰라요. 그 불확실함이 때론 두렵지만 그래서 더 설레는 건 아닐까요?

"우리는 우리가 반복해서 하는 것에 의해 결정된다. 따라서 탁월함이란 행동이 아니라 습관이다"라고 아리스토텔레스가 말했어요.

그러니 평범을 거부하는 습관을 기르고, 그 낯섦을 믿고 걸어가야 해요. 세상이 정해놓은 길이 아니라 스스로 그려나가는 길 위를 걷는 거죠. 어느 날 문득 돌아보았을 때 평범한 길 위가 아니라 별빛이 반짝이는 지도 위에 서 있기를 바라면서요.

꿈을 찾아가는 자신만의 특별한 방법이 있다면 무엇인가요?

작은 틈에서
바오밥나무가 자라기 전에

> 할 일을 뒤로 미뤘다가는 큰 재앙이 올지도 몰라.
> 작은 바오밥나무가 엄청 커지거든.

처음엔 손톱만 한 틈이었어요. 작은 금이었고 대수롭지 않게 여겼죠. 하지만 시간이 지나자 그 틈으로 비가 스며들고 바람이 불어와, 마침내 크나큰 균열이 되고 말았어요.

우리의 마음속에도 바오밥나무 같은 씨앗이 있어요. 처음엔 보잘것없어 보이지만, 제때 돌보지 않으면 뿌리를 깊이 내리고 뻗어나가죠. 미뤄둔 일, 후회, 묵혀둔 감정도 마찬가지예요.

아주 작은 나쁜 습관도 언젠가 삶의 기둥을 뒤흔드는 폭풍이 될 수 있어요. 사소한 두려움이 쌓이면 도전하지 못할 높은 벽이 되고, 작은 게으름이 반복되면 걷기조차 어려운 수렁처럼 깊어지죠. 그러니 아직 뿌리가 깊지 않을 때, 아직 손에 잡힐 때 잘라내야 해요.

지금 바로 정리해야 할 바오밥나무는 무엇인가요?

슬픈 날에는
울어도 돼

> 슬플 때는 울어도 돼요.
> 눈물은 마음을 씻어주거든요.

눈물은 단순한 물방울이 아니에요. 그것은 마음이 흘려보내는 이야기이자, 가슴속 깊이 쌓인 감정이 녹아내리는 강물이에요.

비가 내린 후 나무가 더욱 푸르게 빛나듯, 눈물은 우리를 더 알차게 만들어요. 흙이 젖어야 꽃이 피어나고 하늘이 울어야 무지개가 떠오르듯, 슬픔도 지나가야 새로운 감정이 피어날 수 있어요. 그렇게 눈물이 흐르고 나면 감정이 숨을 쉬고 마음의 갈라진 틈이 부드러워져요.

눈물을 부끄러워하지 마세요. 그것은 약함이 아니라 치유의 과정이에요. 슬픔이 흘러가야 기쁨이 들어설 자리가 생기니까요. 당신의 마음이 흐린 날이면 주저 없이 울어도 돼요.

슬플 때 자신만의 위로 방법은 무엇인가요?

지금 이 순간이
가장 특별하다

> 나는 별을 사랑해.
> 그게 네가 살고 있는 곳이기 때문이야.

함께 걷는 이 길도 언젠간 사라지겠지만, 지금은 분명히 존재해요. 모래 위에 그린 그림이 바람에 지워지듯 시간이 흐르면 이 순간도 희미해지겠지만, 사라지는 것이 아니라 마음속에 새겨질 테죠.

마주 앉아 나누는 대화는 작은 불씨처럼 타올라 오래도록 따뜻하게 해줘요. 무심코 던진 웃음 하나가 언젠가는 서로를 지켜줄 등불이 될지도 몰라요.

사람들은 특별한 순간을 기다리지만, 사실 함께하는 지금 이 순간이 가장 특별해요. 먼 훗날, 아무렇지 않게 보낸 시간을 가장 그리워할지도요. 그러니 지금 이 자리, 함께하는 이 시간이 소중하다는 것을 잊지 말아요.

소중한 사람에게 같이하는 지금이 귀하다는 것을 어떻게 표현할 수 있을까요?

꿈은 현실을
넘는 사다리

> 난 불가능한 것을 상상하는 걸 좋아해요.
> 가끔은 정말 이루어지기도 하거든요.

하늘을 나는 것이 불가능하다고들 하지만, 날개 없는 새라도 하늘을 날 수도 있어요. 꿈은 현실의 벽을 넘는 사다리가 되기도 하죠.

어린아이가 빛나는 물방울 속에 무지개를 담을 수 있다고 믿듯이, 불가능해 보이는 것도 손을 뻗으면 닿을 곳에 있어요. 바람에 속삭이면 대답할 것 같고, 달빛 아래 그림자는 나와 대화할 수 있을 것 같은 밤이 있듯이요.

현실이라는 단단한 벽이 꿈을 막는 것처럼 보이지만, 자세히 보면 벽에도 작은 틈이 있고 그 틈으로 빛이 스며들거든

요. 그러니 상상하는 일을 멈추지 말아요. 언젠가 꿈은 예상
치 못한 순간 현실로 스며들지도 모르니까요.

불가능을 가능으로 바꾸기 위해 오늘 할 수 있는 일은 무엇일까요?

마음을 준 것에는
책임을 져야 한다

> 네가 길들인 것에 책임이 있으니까,
> 넌 네 장미를 책임져야 해.

새 한 마리가 매일 창가를 찾아온다면, 단순한 우연이 아닐 거예요. 처음 내민 빵 부스러기와 부드러운 시선이 그 작은 생명이 다시 찾아오게 한 것이죠. 우리는 길들인 것에 책임을 져야 해요. 작은 씨앗을 심었다면 그 싹이 자랄 때까지 물을 주어야 하고, 마음에 꾸민 정원을 돌봐야 하죠.

아침마다 떠오르던 태양이 돌연 떠오르지 않는다면 세상 모든 일이 혼란스러울 거예요. 한 번 빛을 주기로 했다면 그 빛을 거두는 데도 큰 책임이 따르겠죠.

누군가를 길들이는 것과 길들여지는 것 중 어떤 것이 더 어려울까
요?

세상에서
가장 특별한 사람

누군가를 진심으로 좋아하면,
그 사람은 세상에서 가장 특별한 사람이 돼요.

수많은 별이 반짝이는 밤하늘에서도 사랑하는 별 하나가
가장 눈부시게 빛나겠죠. 같은 별인데도 이상하게 달리 보이
는 이유는 마음이 그곳을 향했기 때문이에요.

사람도 마찬가지죠. 흔하고 평범해 보이던 사람이 어느 순
간 세상에 단 하나뿐인 존재로 변하는 순간은 기적이 아니라
사랑이 만들어낸 마법일 거예요.

한 사람이 특별해지면 나 자신도 특별해지는 법이죠. 사랑
하는 사람이 있다면 지금 그 사람을 다시 바라보세요. 어쩌면
내가 만든 가장 빛나는 별일지도 몰라요.

세상에서 가장 특별한 사람은 누구인가요?

나만의 목적지를
찾아서

> 사람들은 서둘러 급행열차에 오르지만,
> 정작 자신들이 무엇을 찾는지 몰라,

어떤 이는 목적지 대신 속도가 궁금하고, 어떤 이는 창가에 기대어 바람을 맞으며 어디든 닿기만 바라죠. 그러나 종착역은 정해진 게 아닐지 몰라요. 마음이 향하는 곳에 멈추는 것인지도요. 왜 그곳으로 가려 하는지 스스로 물어본 적이 있나요? 사람들이 많이 가는 방향이라 따라가는 건 아닌가요?

세상이 정해놓은 노선을 따라 달릴 게 아니라 내가 원하는 길을 찾는 일이 더 중요한지도요. 목적지를 모른 채 달리는 기차는 철로 위를 오갈 뿐이니까요.

어디든 갈 수 있다면 가장 가고 싶은 곳은 어디인가요?

끝은 마침표가 아닌
쉼표

> 모든 것이 끝난 것 같아도
> 새로운 시작이 기다리고 있어요.

바닷물이 밀려나면 해변은 텅 빈 듯 보이지만, 그 자리에선 다시 거대한 파도가 숨을 고르죠. 별이 지는 새벽은 가장 어두운 순간이지만, 곧 태양이 떠오른다는 징조이기도 하고요. 그림을 그리다가 잘못 그은 선을 지웠다고 해서 잘못 그린 건 아니에요. 지워진 자리는 더 나은 선이 그려질 공간이 생긴 셈이죠.

끝은 단순한 마침표가 아니라 쉼표예요. 쉼표가 있어야 문장은 계속되니까요. 지금 눈에 보이는 끝은 사실 새로운 이야기가 시작되는 문 앞일 수도 있어요. 마지막 장을 덮었다고 해서 이야기가 끝난 건 아니죠. 어쩌면 더 흥미로운 속편이 기다리고 있을지도 몰라요.

인생에서 마침표를 찍고 싶은 일이 있다면, 그 뒤에 어떤 새로운 문장이 이어질까요?

별 같은 멘토를
찾아서

> 사람들은 바람이 어디로 가는지 몰라.
> 하지만 별을 보면 길을 찾을 수 있어.

북극성 같은 멘토가 있나요? 등대처럼 흔들리는 길에 빛을 비추고, 바람처럼 곁에 머물다가도 필요한 순간에는 등을 밀어주는 사람이요. 가끔은 고요한 호수와 같아서 아무 말 없이 고민을 담아주기도 하고, 깊은 숲처럼 수많은 길을 보여주기도 하죠.

멘토는 꼭 위대한 사람이 아니어도 괜찮아요. 누구든 존경할 만한 태도를 가진 사람, 삶의 지혜를 나눠줄 수 있는 사람도 좋은 멘토예요.

삶에서 멘토를 찾기 어렵다면 책의 주인공이나 역사적인

인물도 훌륭한 스승이 될 수 있어요. 훌륭한 글과 사상을 깊이 탐구하는 것도 좋은 멘토가 되어줄 거예요.

인생의 멘토는 누구이고, 어떤 영향을 주었나요?

마음먹기에 따라
발견하는 즐거움

> 내 경험상,
> 무엇이든 마음만 먹으면 즐길 수 있어.

어떤 음식이든 천천히 음미하면 예상치 못한 맛을 발견할
수 있어요. 인생도 자세히 들여다보면 뜻밖의 즐거움이 숨어
있고요. 비 오는 날이 거추장스러울 수 있지만 빗소리에 귀를
기울이면 세상이 연주하는 음악이 들릴 거예요. 억지로 읽는
책은 지루하지만, 마음에 새겨진 문장에서는 지혜가 피어나
고요.

모든 것이 지루하고 무의미해 보일 때는 내가 아닌 다른 사
람의 시선으로 세상을 바라봐요. 아이의 눈으로 보면 나뭇잎
하나도 신비롭고 흥미롭죠. 마음먹기에 따라 비바람은 시련

이 아니라 춤출 이유가 되고, 혼자 있는 시간은 외로움이 아
니라 사색의 기회가 될 거예요.

평범한 하루를 특별하게 만드는 자신만의 습관이 있나요?

해가 져야
내일을 맞이한다

> 어느 날에는 해 지는 모습을 마흔네 번이나 보았어요.
> 많이 슬펐거든요.

해가 지는 모습을 보고 있으면 시간이 마음과 함께 흘러가
는 것 같죠. 붉은 태양이 수평선 너머로 사라질 때 가슴속 깊
은 곳에서 말할 수 없는 감정이 밀려오거든요. 그날의 슬픔을
담아 노을이 붉게 타오르고, 바람은 나지막이 위로의 말을 건
네요. 가만히 바라보면, 노을은 끝이 아니라 새로운 색을 준
비하는 시간이라는 걸 깨달아요.

하루를 온전히 보내고 나면 내일을 맞이할 작은 힘이 생겨
나요. 슬픔이 마흔네 번이나 같은 자리로 데려다 놓았더라도,
언젠가 그 자리에 서서 새로운 의미를 찾을지도 모르죠.

가장 오랫동안 바라보았던 장면은 무엇인가요? 그 순간에 어떤 감정을 느꼈나요?

계절은
살아 있다는 증거

> 세상에 이렇게 아름다운 계절은 처음이야.
> 나는 가을을 좋아해.
> 10월이 있는 세상에 살고 있어서 정말 기뻐.

계절의 변화를 느끼는 건 자연이 건네는 편지를 읽는 거예요. 봄이 오면 연둣빛 새순이 돋아나고 꽃망울이 하나둘 터지는 것을 보며, 새로운 시작을 꿈꾸죠. 가을이 오면 낙엽이 땅에 내려앉는 소리를 듣고 노란 들판과 붉게 물든 나무들을 보며, 지나온 시간을 돌아보고요.

계절을 느낀다는 건 곧 살아 있음을 확인하는 거예요. 흐르는 시간 속에서 이 순간을 온전히 받아들이는 일이기도 해요. 계절을 잃어버린 삶은 시간을 잃어버린 삶과 마찬가지예요. 그러니 오늘 하루의 계절을 느껴봐요.

지금의 계절을 오감으로 느껴보면, 어떤 색과 소리, 향기, 촉감이
떠오르나요?

시간을 들여
만드는 일

> 사람들은 이제 더 이상 무언가를 알 시간조차 없어.
> 그들은 가게에서 모든 걸 다 만들어진 채로 사지.

사람들은 제대로 빵을 구울 줄 모르고, 반죽이 손끝에서 어떻게 숨 쉬는지도 몰라요. 빵집에 가면 갓 구운 빵이 나란히 놓여 있거든요. 기술이 발전하고 세상이 넓어지면서 손으로 무언가를 만들고, 길러보고, 기다릴 수 있는 기회가 점점 줄어들어요. 반죽이 부풀어 오를 때의 경이로움을, 싹이 틀 때의 기쁨을 알 수 없어요.

모든 것이 빠르게 만들어지고 빠르게 소비되면서, 진짜로 '아는' 것이 점점 줄어들고 있는 건 아닐까요? 어떤 감정이든 시간을 들여 만들어야 진짜가 되듯이, 앎도 천천히 스며들어야 깊이가 생기죠. 정말 돈을 주고 사는 것만으로 충분할까요? 만들어가는 법도 알아야 하는 건 아닐까요?

시간이 없어서 잃어버리는 것 중 가장 소중한 건 무엇일까요?

자신을 가꾸는 일

옷이 멋지면
착하게 행동하는 것도 훨씬 쉬워져.

멋진 옷을 입으면 몸이 곧게 펴지고 걸음걸이부터 달라져
요. 자존감까지 다려진 셔츠처럼 반듯해지는 것 같아요. 거울
속의 내가 반짝이면 하루가 좀 더 빛나는 것 같죠. 잘 정리된
머리카락과 멋진 옷은 자기 자신을 대하는 태도까지 바꾸어
놓곤 해요.

자신을 가꾸는 일이 단순한 겉치레라고 하는 사람도 있어
요. 그러나 좋은 음악이 영혼을 울리고 향기로운 차 한 잔이
하루를 부드럽게 만들어주듯, 자신을 가꾸는 일은 삶에 정성
을 더하는 과정이기도 해요. 지치고 힘들 때일수록 마음을 다

잡기 위해 단정하게 차려입어봐요. 마음도 옷차림 따라 단정
해질 거예요.

오늘 하루를 멋지게 만들기 위해 실천할 수 있는 작은 변화는 무엇
일까요?

성장에는
상처가 필요하다

> 나비를 만나려면
> 두세 마리의 애벌레는 기꺼이 견뎌야 해.

아름다운 장미를 피우기 위해 뿌리는 어두운 땅속을 뚫고 내려가요. 썩은 잎과 부서진 돌을 거쳐야 하죠. 애벌레는 단단한 껍질 속에서 긴 시간을 견뎌야 해요. 나비가 되어 날개를 펼치기 전에는 스스로 추한 덩어리처럼 여겨지더라도요.

누구나 성장하는 과정에서 자신의 흉한 모습을 마주치는 순간이 있어요. 상처받고, 넘어지고, 때로는 자신의 모습이 낯설어질 때도 있죠. 그러나 그 시간이 쌓여야 비로소 새로운 모습으로 태어나요. 견디지 않으면 도달할 수 없어요. 결국, 모든 시간은 인간이 되기 위한 과정이에요.

삶에서 가장 흉하고 어려웠던 순간은 언제였고, 그것이 자신을 어떻게 변화시켰나요?

각자의 자리는
정해져 있다

> 어떤 사람들은 세상에 햇살을 비추듯 존재해.
> 나도 그런 사람이 되고 싶어.

어떤 씨앗은 바람에 날려 먼 곳에 뿌려지고, 어떤 씨앗은 돌 틈에 자리 잡아요. 모든 씨앗은 저마다의 이유로 그곳에 놓이는 거예요. 왜 이곳에서 이런 삶을 살고 있을까요? 어쩌면 태어나는 순간부터 각자의 길이 정해져 있는지도 몰라요. 그 길은 스스로 찾아가는 거죠.

나의 길, 나의 일은 세상을 바꿀 만한 게 아니어도 돼요. 한 사람의 손을 잡아주고, 작은 일을 성실히 해내고, 나 자신을 사랑하는 것이 누군가에겐 빛이 되기도 하니까요. 별은 서로 빛을 빌리지 않지만 각자의 자리에서 빛나듯이요.

자신의 존재가 누군가에게 작은 희망이 될 수 있다면 어떤 방식으로 빛날 수 있을까요?

별을 닦는 마음

아침 세수를 끝냈으면
자신의 별도 깨끗이 청소해야 해.

내가 걷는 길이기에 소중하고 내가 숨 쉬는 공간이기에 아름답듯, 벽돌 하나, 가로수 한 그루에도 누군가의 손길과 이야기가 스며 있어요. 사랑하는 곳은 저절로 빛나지 않아요. 그곳을 닦아주고 아끼고 지켜줄 누군가가 있어야죠.

나의 하루가 이 세상의 하루가 되고, 내 손길이 이 세상을 좀 더 따뜻하게 만들어요. 때로는 작은 희생이 필요할 때도 있어요. 쓰레기를 줍는 손길, 길가에 꺾인 꽃을 다시 세워주는 마음처럼요. 그런 고마운 마음이 있기에 떠나고 싶지 않고, 떠난다 해도 다시 돌아오고 싶어지는 거겠죠.

떠나온 곳, 혹은 머물고 있는 곳을 위해 남기고 싶은 흔적은 무엇인가요?

하나만 선택할
필요는 없다

> 선택할 수 있다면 너는 더없이 아름답고 싶니,
> 눈부시게 똑똑하고 싶니, 아니면 천사처럼 착하고 싶니?

도시의 풍경을 떠올리면, 어떤 건물은 유리가 빛을 반사하고, 어떤 건물은 단단한 벽으로 무게감을 주기도 하죠. 어떤 길은 조용히 그림자를 드리워 쉬어 가게 하고, 어떤 다리는 강을 건너는 길이 되어주고요. 유리로 된 건물만 도시에 가득하다면 어떨까요? 눈부시게 반짝이지만 쉽게 부서지겠죠.

사람은 때로는 빛이 되기도, 길이 되기도, 벽이 되기도 하죠. 단 하나의 역할만 선택할 필요가 있을까요? 부족한 부분을 조금씩 품어주며 살아간다면 스스로 하나의 멋진 도시가 될지도 몰라요.

아름다움, 지혜, 선함 말고도, 새롭게 만들고 싶은 가치가 있다면 무엇인가요?

홀로 서야
길을 찾는다

저녁에는 제게 유리 덮개를 씌워주세요.
당신이 사는 이 별은 너무 추워요.

세상은 깊은 숲속과 같아요. 빛이 드리우지 않아도 스스로 길을 찾아야 하죠. 덩굴이 몸을 휘감아도, 바닥이 미끄러워도, 앞으로 나아가는 자만이 숲을 빠져나올 수 있어요. 누군가 손 내밀어주길 바라기보다는 바닥을 딛고 스스로 올라가야 해요.

누군가에게 기대면 잠시 편하고 따뜻할 수는 있지만, 홀로 서는 법을 익히지 못하면 결국 추위에 떨 거예요. 세상이 흔들려도 스스로 흔들리지 않는다면, 더 이상 길을 찾지 않아도 돼요. 자신이 바로 길이 될 테니까요.

힘들었지만 스스로 이겨내서 자랑스러웠던 순간은 언제인가요?

비효율에서
아름다움 찾기

> 나는
> 완전히 구제 불능의 낭만주의자야.

세상이 현실을 말할 때, 나는 꿈을 이야기해요. 사람들은 효율을 따지지만, 나는 비효율 속에서 아름다움을 찾죠. 계산된 삶보다 예측할 수 없는 순간들이 더 짜릿하니까요.

해가 지는 풍경을 바라보는 게 시간 낭비는 아니에요. 하루를 천천히 음미하는 일이니까요. 비 오는 날이면 빗방울이 들려주는 소리를 듣는 것도, 바쁜 일상에서 잠시 벗어나 내 안의 리듬을 찾는 일이에요.

삶은 생존하기 위한 것만은 아니에요. 어떻게 바라보느냐에 따라 전혀 다른 의미를 가질 수도 있어요. 조급한 마음을 내려놓고 순간을 온전히 누리는 것이야말로 삶을 제대로 살아가는 방법일 거예요.

낭만을 잃지 않으면서도 현실과 균형을 맞추는 방법은 무엇일까요?

외로움은
마음이 보내는 신호

사람들 속에서도
외로울 수 있어.

많은 사람이 모여 말이 오가는 자리인데도 문득 아무도 나를 모른다는 생각이 들 때가 있어요. 웃음소리가 가득한 공간에서도 내 안의 고요가 깨지지 않을 때가 있죠. 누군가 내 이름을 불러도 그 소리가 낯설게 느껴질 때도 있고요. 그럴 때면 사람들 사이에 있지만 보이지 않는 유령이 된 듯한 기분이 들어요.

그 순간, 가만히 귀를 기울여봐요. 가장 깊은 곳에서 나 자신이 보내는 신호를 들어봐요. 외로움은 사라지는 것이 아니라 이해받기를 기다리는 마음의 목소리일지도 모르니까요.

그러니 너무 두려워하지 말아요. 외로움은 진짜 원하는 것을 찾으라고 일깨워주는 속삭임일 수도 있어요.

외로운 사람에게 건넬 수 있는 가장 따뜻한 말은 무엇인가요?

특별함은
외로움이 되기도 한다

> 빨강 머리는
> 평생의 슬픔이야.

어떤 특성은 태어날 때부터 운명을 품고 있기도 하죠. 빨강 머리는 유난히도 눈에 띄고, 세상은 눈에 띄는 것은 가만히 내버려두지 않아요. 사람들은 특별함이라 부르지만, 정작 특별함을 감당해야 하는 사람에게는 짙은 외로움이 되곤 해요. 그럴 때 내가 나를 먼저 의심해요. 이 색은 축복일까, 저주일까? 세상이 나를 먼저 정의 내리기 전에 나는 나를 어떻게 정의해야 할까?

그러나 바람이 강할수록 불꽃은 더 힘차게 타오르죠. 눈길을 끄는 색은 아무리 많은 사람과 마주쳐도 잊히지 않아요.

자신을 감추는 대신 온전히 드러낼 때 비로소 그 색은 의미를
가질 거예요.

세상이 정의하는 나와 스스로 정의하는 나는 얼마나 다를까요?

한 걸음 내디디면
모험이 되는 인생

> 아무도
> 모르는 일이야!

숲속은 어둡고 길을 잃을지도 모를, 두려움 가득한 곳이에요. 반대로 상상하지 못한 보물이 숨겨져 있을지 몰라요. 플라톤은 동굴의 비유를 통해 보이는 것이 전부가 아닐 수도 있다고 했어요. 두려움 역시 우리가 만들어낸 그림자일지도 모르고, 두려움 너머에 설렘이 있을 수도 있고요. 설렘은 아직 연주되지 않은 악보와 같아서, 처음 보는 악보 앞에서 당황할 순 있지만 멜로디를 연주하기 시작하면 그 선율은 결국 내 것이 되겠죠.

어차피 알 수 없는 인생, 걸어가봐요. 두려움 속에서 멈춰

서면 미로가 되고, 한 걸음 내디디면 모험이 되니까요. 배는
항구에 있으면 안전하지만, 배는 항해하기 위한 거잖아요. 그
러니까, 걸어가봐요.

마지막으로 '미지의 문'을 열었던 순간은 언제였나요?

함께 비틀거리기

> 모두가 우스꽝스러워질 때,
> 나만 이성적이기보다는 차라리 같이 우스꽝스러운 게 나아.

폭풍 속에 혼자 웅크리는 대신, 사람들과 더불어 손잡고 바람에 몸을 맡기는 편이 더 자연스럽고 살아 있는 느낌이 들 거예요. 사람들끼리의 어울림은 무용과 같아요. 각자의 춤이 엉킬 때 가장 아름다운 무대가 펼쳐지기도 하거든요. 폭풍 같은 순간, 서로 엉키는 그 순간이야말로 어쩌면 진심으로 함께할 수 있는 순간이 아닐까요?

이성적으로만 살아간다면 정해진 선에 서 있는 채로 남을 거예요. 때로는 그 선을 밟고 넘어서, 비틀거리면서도 서로 이해하고 함께 웃을 수 있는 용기가 필요해요. 인간의 본질은

어쩌면 완벽한 이성으로 꼿꼿이 서 있기보다는 감정이 교차
하는 순간일지도 모르죠.

사람들이 어울리는 모습에서 가장 아름다움을 느끼는 순간은 언
제인가요?

실패한 자리를
털어내기

> 불이 꺼진 휴화산이 있었다.
> 어찌 될지 몰라 그것도 깨끗이 청소해두었다.

불이 꺼진 휴화산은 한때 용암을 품었던 뜨거운 심장이 숨어 있어요. 이제는 고요하고 차가운 돌덩어리처럼 보일지 몰라도, 내면에는 아직 무언가가 잠자고 있을지도요. 그렇기에 그 자리를 정리하고 청소하는 일은 단순히 먼지를 털어내는 게 아니에요. 그 공간을 다시 한번 새롭게 맞이하는 과정이기도 하죠.

한 번 실패했다고 멈추지 말아요. 언젠가 또다시 열정이 깨어날 수도 있으니까요. 내일의 성공을 위해 오늘 준비해야 해요. 모든 영광은 결국 마음에서 시작될 거예요.

과거의 상처나 미련을 정리하려면 무엇부터 시작해야 할까요?

꽃이 시든다고
꽃을 심지 않을까

> 결국 헤어져야 할 것이라면
> 사랑하는 게 무슨 소용이겠어요?

꽃이 시들어가는 것을 막을 수 없다면 꽃을 피우는 것이 무슨 의미일까 싶겠죠. 하지만 사랑은 꽃을 피우는 것 이상의 의미가 있어요. 사랑은 삶을 살아갈 힘을 주죠. 사랑이 지나고 나면 그 자리에 무엇이 남을지는 모르지만요.

사랑은 끝을 알 수 없는 여정에서, 무엇을 느끼고 배울지 결정해요. 그 사랑이 결국엔 헤어짐으로 끝난다 해도, 그 과정에서 얻은 경험은 내면을 더욱 풍성하게 만들어줄 거예요. 사랑이란 끝을 두려워하기보다는 그 순간을 온전히 살아가는 게 아닐까요?

사랑의 의미는 끝에 있을까요, 아니면 사랑을 나누는 순간에 있을까요?

자존심과 진실의
균형 찾기

> 계속 그렇게 우물쭈물 서 있을 거예요?
> 성가셔요. 떠날 거면 빨리 떠나요.

때로 감정에 이끌려 불쑥 말을 내뱉지만, 그 말이 진심인지 아닌지는 자신도 모를 때가 많아요. "떠날 거면 빨리 떠나요"라고 말하지만, 마음속 깊은 곳의 진심은 진정한 이별이 아니라 오히려 그 관계의 본질을 확인하고 싶은 것처럼요. 자존심은 내면의 방어벽 같지만, 그 벽이 너무 높아지면 스스로도 그 안에서 숨 쉬기 어려워지죠.

어쩌면 원하는 길을 알면서도, 길을 앞두고 우물쭈물하곤 해요. 그러니 자존심과 진심 사이에서 균형을 찾아야 해요. 그것이 마음의 벽을 넘는 열쇠일 거예요.

자존심과 진심을 어떻게 알아낼 수 있을까요?

책이라는 중독

> 나는 단순히 '책 중독자'예요.
> 책은 나에게 술꾼이 술을 갈망하는 것과 같은 유혹이에요.

책 한 권을 열면 새로운 세계와 마주할 수 있어요. 현실을 넘어선 존재나 상상 속 인물과의 대화가 시작되죠. 술꾼이 술 한잔을 마시고 눈을 빛내듯, 책을 읽으며 잠시 다른 세상에 취할 수 있어요. 책 속에 숨겨진 진리나 감동을 발견하면 마음속에 한 줄기의 빛이 비추기도 하죠.

책을 읽는 것은 글 속에서 나를 발견하고 고통이나 어려움을 다르게 바라보는 일이에요. 어려운 상황에 처했을 때, 책에서 위로와 지혜를 얻고 마음의 평안을 찾아봐요. 삶을 되돌아보고 더 나은 내일을 꿈꿀 수 있을 거예요.

자신이 놓쳤던 세계나 감정을 책에서 발견하는 순간, 그 경험을 어떻게 정의할 수 있을까요?

하나의 세계에
갇히지 않기

내 별 가까이에 소행성 325호, 326호, 327호 등이 있다.
나는 할 일도 찾고 견문도 넓힐 겸 그 별들을 둘러보기로 했다.

갇히지 않아야 한다는 말은 삶의 한계를 스스로 설정하지
말고 끊임없이 외부 세계와 소통하며 성장하라는 의미가 아
닐까요? 처한 환경이나 상황 때문에 좁은 공간에 갇히곤 하
지만, 진정한 모습은 아닐 거예요.

매일 반복되는 일상에 익숙해지다 보면 그 자체로 벽이 되
죠. 벽을 넘으려면 두려움을 내려놓고 바깥세상에 스스로를
내놓아야 해요. 더 이상 갇히지 말아요. 세상은 무한히 넓고,
우리는 끝없이 성장할 수 있으니까요.

지금 살고 있는 세상 외에 어떤 세상에서 살고 싶나요?

웃음은
삶의 길잡이

> 웃음이 있는 한,
> 인생은 살아볼 만한 가치가 있어.

프리드리히 니체는 "인생에서 가장 중요한 것은 고통을 견디는 것이 아니라 그것을 초월할 수 있는 능력이다"라고 했어요.

웃음은 그 초월의 힘을 지녔어요. 고통과 시련이 닥쳤을 때 웃음은 그 고통을 인식하는 방식, 즉 그것을 받아들이고 뛰어넘을 수 있는 통로가 되어주죠.

때로는 살아가며 웃음이 아닌 슬픔만이 가득할 때도 있을 거예요. 바로 그 순간에 웃음이 얼마나 소중한 것인지 다시금 깨달을 거예요. 웃음은 어두운 구름을 뚫고 비추는 햇살처럼,

가장 필요할 때 찾아오곤 하죠. 웃음은 삶의 의미를 다시 찾을 수 있도록 인도하는 길잡이예요.

웃음을 잃지 않으려면, 삶에서 어떤 태도나 마음가짐을 유지해야 할까요?

자신을 심판하기

> 너 자신을 심판해보아라.
> 다른 사람을 심판하는 것보다
> 자신을 심판하는 일은 어려운 일이지.

타인을 비판하기는 쉬워요. 겉모습만 보고 판단하기 때문이에요. 그러나 진정으로 자기 자신과 마주하는 일은 가시적인 것이 아니라 마음 깊은 곳에 숨겨진 진실을 마주하는 일이라 어렵죠. 내면의 심판은 불편하고 때로는 고통스럽기까지 해요. 자신의 잘못이나 실수를 마주하는 일은 혼자서 헤쳐 나가야 하는 고독한 여정이지만, 자아를 제대로 이해하려면 그 길을 걸어가야 해요.

타인의 실수를 지적하기 전에 자신이 그동안 얼마나 많은 실수를 해왔는지 돌아볼 필요가 있어요. 그렇게 자신을 이해

하고 용서하는 과정을 거쳐야 진정한 성숙이 시작되죠. 그래
야 더욱 강해질 수 있어요.

자신을 심판하는 게 어렵다고 느껴질 때, 어떤 마음가짐을 가져야
할까요?

내려놓기

너는 너무 많은 것에 마음을 쏟는구나.
내려놓는 법을 배워야 해.

매일 짊어지는 짐은 생각보다 훨씬 무거워요. 손에 쥔 것이 점점 늘어나고, 결국엔 그 무게에 눌려 숨 쉬기조차 힘들어지기도 해요. 그럴 땐 내려놓아야 하죠. 내려놓는다는 건 포기한다는 뜻이 아니라, 진정으로 자유로워지기 위한 첫걸음이에요. 그동안 놓지 못하고 쥐고 있던 것이 정말 필요한지, 아니면 불안한 마음에 그저 붙잡고만 있었는지 돌아보는 시간이 필요해요. 세상에 넘치는 모든 것을 다 가지려 하면 결국 아무것도 가질 수 없어요.

손에 쥔 것을 하나씩 내려놓다 보면 가장 중요한 것만 남을 거예요. 그것이 예전부터 지니고 있던, 잃어버리면 안 될 소중한 것이겠죠.

지금까지 내려놓지 못한 것은 무엇이고, 어떤 영향을 미치고 있나요?

자신을 인정하기

> 내가 이 별에서 가장 잘생겼고
> 옷을 잘 입고 부자고 똑똑하다는 걸 인정해줘.

누구나 빈 공간을 채우려는 욕망이 있어요. 한편 외부로부터 인정받기를 원하기도 하죠. 인정받지 못하면 존재 의미가 희미해지는 듯한 기분이 들기도 하고요. 하지만 이런 욕망을 끝없이 추구하면 결국 자신을 놓치게 될 거예요. 별은 그 존재 자체로 아름답지, 비교하거나 경쟁하지 않아요.

욕망은 끝없이 우리를 끌어당기죠. '잘나고 싶은 마음'은 결코 나쁜 게 아니에요. 하지만 그 마음이 내면에서 우러나오는 진정한 자신감과 묶여야 진정으로 빛날 수 있음을 잊지 말아야 해요.

자신에게 가장 중요한 가치는 무엇인가요? 그것으로 어떻게 자신
을 정의할 수 있을까요?

도전과 실패는
아름다운 경험

도전해서 이기는 것
다음으로 좋은 것은 도전하고 실패하는 거야.

한 청년이 아주 큰 나무에 올랐어요. 처음에는 손발이 떨려 올라가기가 두려웠지만, 용기 내어 나무 꼭대기를 향해 한 발씩 천천히 내디뎠죠. 마침내 나무 꼭대기에서만 볼 수 있는 아름다운 경치를 마주했어요. 높은 데서 본 풍경은 올라가는 과정에서 느꼈던 두려움, 고통, 인내가 쌓여 만들어낸 특별한 경험이었어요. 도달하는 데는 많은 시간이 걸렸지만 두려움 속에서도 계속해서 걸어갔던 순간이 경치를 더욱 빛나게 만든 거죠. 마찬가지로, 도전과 실패도 그 자체로 아름다운 경험이에요.

실패를 마주할 때마다 그 경험이 결국 자신을 더 강하게,
더 크게 만든다는 사실을 잊지 말아요.

가장 큰 도전은 무엇이었고, 그 도전을 통해 어떤 깨달음을 얻었나
요?

내 것으로
만드는 힘

> 종이에 내가 별을 얼마나 소유하고 있는지 적고
> 그것을 서랍 속에 넣은 다음 자물쇠로 잠가두지.
> 그럼 그건 내 것이 돼.

별을 소유한다는 생각만으로는 그 별을 내 것으로 만들 수 없겠죠. 무언가를 소유하려면 그 존재를 바라보는 것으로는 부족해요. 그것을 내 삶의 일부로 삼으려면 별을 향해 발걸음을 내디뎌야 해요. 생각으로 끝나는 꿈은 금방 사라지지만, 그 꿈을 현실로 바꾸기 위한 행동은 그 꿈을 뚜렷한 별빛으로 만들어주죠.

생각은 떠가는 구름일 뿐, 그 구름을 실제로 움직이게 만드는 건 실천력이에요. 땅에 뿌리를 내리지 않으면 꿈은 이뤄지지 않죠. 실천력은 뿌리를 내리는 과정이고, 결단력은 가능하게 만드는 힘이죠. 별이 빛나는 이유는 그 길을 걸어가고 있기 때문이에요.

꿈을 현실로 바꾸기 위한 가장 중요한 행동은 무엇인가요?

차가운 완벽함과
따뜻한 불완전함

나는 조금은 바보 같지만,
결코 친절하지 않은 완벽한 사람보다는 나아.

차가운 얼음 같은 완벽한 신은 과연 사랑받을 수 있을까요? 진정으로 사람을 감동하게 만드는 것은 얼마나 완벽한가가 아니라 얼마나 인간적인가에 달려 있어요.

누구나 무언가 부족한 부분을 숨기고 살아가지만, 숨겨진 내면의 불완전함은 상처와 고통의 흔적을 담고 있고 그 안에서 진정한 아름다움이 피어나죠.

누군가에게 진심으로 다가서는 순간은 완벽함이 아니라 불완전함에서 비롯되는 건 아닐까요? 사람과의 관계는 그 부족함 속에서 더 깊어지고 더욱 빛을 발할 거예요.

완벽함을 추구하는 것과 인간미를 갖추는 것 중 무엇이 더 중요한 가요?

익숙한 반복
끊어내기

> 이제 별이 1분에 한 바퀴를 돌아서 나는 쉴 틈이 없어.
> 1분마다 가로등을 껐다 켰다 해야 하니 말이야.

일상에 갇혀 반복되는 삶의 패턴에서 안전함을 느끼기도 하지만, 꿈과 열정을 잠식해버리기도 하죠. 익숙하고 편안할 순 있지만, 자신을 잃어가는 거예요. 그러므로 반복을 끊어내는 것은 자기 자신을 찾기 위한 용기 있는 도전이에요.

여러 번의 실패와 도전이 쌓이고 시간이 흐를수록 고립된 삶의 궤도에 익숙해져요. 그 궤도를 벗어나는 것, 새로운 길을 가기 위한 첫걸음은 사소해도 괜찮아요. 그 길에서 마주치는 모든 순간은 그 자체로 의미가 있으니까요. 반복을 끊어내는 용기는 자유의 시작점이 될 거예요.

반복을 끊어낸 순간은 자신에게 어떤 의미인가요?

결심을 지키는 일

> 무언가를 하기로 결심하고
> 그것을 지키는 것은 좋은 일이에요,
> 아무리 힘들어도.

수많은 책 중에서 한 권을 선택하고 끝까지 읽어가는 건 결심을 지키는 것과 같아요. 책 속에서 새로운 세계를 발견하고 내용을 이해하기 위해 끊임없이 사유하잖아요.

마찬가지로, 결심을 지키는 것도 깊은 사유와 결단을 필요로 하죠.

결심을 지키는 일은 목표를 이루는 데 그치지 않고 '끝까지 가는 것' 이상의 의미가 있어요. 그것은 자신을 끊임없이 다듬고 성찰하며 더 나은 미래를 만드는 과정이기도 해요. 고대 철학자의 가르침처럼, '자기 자신을 아는 것'이 가장 중요한

진리라는 가르침과도 맞닿아 있어요. 한번 결심했다면 아무
리 힘들어도 끝까지 해내요!

결심을 이끌어내는 내면의 동기는 무엇인가요?

책을 벗어나
실천하기

난 지리학자야.
산, 바다, 사막 등이 어디에 있는지 연구하지.
하지만 내 별에 산, 바다, 사막이 있는지는 잘 모르겠어.
난 서재를 지켜야 하니까.

서재는 나만의 작은 우주였지만, 그 안에 갇히기엔 세상은 너무 넓어요. 책이 가르쳐주는 이론은 아름답지만, 그 이론을 삶에서 경험하는 것은 또 다른 차원의 이야기죠. 책 속의 주인공들이 겪는 고난과 역경이 삶에 미치는 영향을 느끼는 순간, 비로소 서재를 넘어 현실의 공간으로 걸어갈 용기를 낼 수 있어요.

그 길은 때로 외롭고 험난하지만, 길을 걸어본 자는 진정한 성장과 깨달음을 얻겠죠. 이론은 나무처럼 뿌리 깊게 자라지만, 실천은 그 나무를 숲으로 만드는 일이에요.

책에서 읽은 것을 현실에서 어떻게 실천하고 있나요?

파괴해야
창조한다

옷에 꽃을 달면서 모자에는 왜 꽃을 달면 안 되는 거죠?
옷에 꽃을 다는 거랑 뭐가 달라요?

모든 창조는 무언가를 부수는 데서 시작되기 마련이죠. 예술가는 빈 캔버스 위에 첫 번째 붓질을 하며 무채색의 고요함을 깨뜨리고, 과학자는 새로운 이론을 발표할 때 기존의 믿음을 흔들며 세상의 틀을 부수고요. 그 과정에서 낡은 것이 부서지고 사라져가는 모습을 목격하곤 해요.

결국 우리가 창조하는 것은 파괴적인 행위에서 시작되며, 그 안에서 새로운 가능성과 방향을 찾아야 해요. 사람들은 파괴적인 힘을 두려워하지만, 그 안에서 새로운 삶의 씨앗을 발견할 수도 있어요.

가장 파괴적인 창조와 그로 인해 얻은 것은 무엇이었나요?

외로움의 메아리가
들려주는 이야기

> 우리 친구 해요. 외로워요.
> 외로워요⋯⋯. 외로워요⋯⋯. 외로워요⋯⋯.
> 또다시 메아리가 답했다.

어쩌면 우리는 메아리 속에서 원하는 답을 찾으려 애쓰는 건지도 몰라요. 외롭고 쓸쓸한 공간을 울려 다시 돌아온 소리는 더 이상 답을 찾을 수 없다고 알려주는 것일지도요. 메아리는 언제나 답을 주는 것 같지만, 그것이 진짜 내 목소리일까요? 너무 오래 혼자 있어서 결국 원하는 대로 반응하는 메아리만 듣는 건 아닐까요?

세상의 모든 소음이 사라지고 내면의 소리가 커져야, 그동안 타인과의 관계에서 놓쳤던 자신의 진짜 모습을 마주할 수 있어요. 나를 진정 사랑하는 법을 배우는 거죠.

공허함 속에서 나 자신을 돌아보는 순간, 어떤 새로운 통찰을 얻을 수 있을까요?

온전한 나와 만나는
나만의 공간

> 내일은 자작나무 숲에 비밀의 집을 만들기로 했어요.
> 장작더미에 있는 깨진 도자기를 가져가도 되나요?

삶에 지치면 모든 것이 무겁게 느껴지고 앞도 보이지 않는 안개에 갇힌 듯하죠. 그럴 때면 잠시 멈춰 서서, 내가 어디서 왔고 무엇을 위해 달려왔는지 되새겨보는 게 중요해요.

생각을 정리할 수 있는 곳이 있나요? 바람이 불면 자작나무가 나지막하게 속삭이고, 햇살이 내리쬐면 빛이 스며들어 따뜻한 온기를 남기는 곳이요. 다른 사람에게는 보이지 않지만 내가 들어가면 나만의 평화와 안식이 기다리는 곳이요. 세상의 모든 소란을 잠시 내려놓고 나만의 공간에서 온전한 나와 만나곤 해요.

일상에서 벗어나 나만의 공간을 만든다면 어떤 모습으로 꾸미고
싶나요?

길은 사람에게로
이어진다

한참을 거닌 끝에 마침내 길 하나를 발견했다.
모든 길은 사람들이 사는 곳으로 이어지게 마련이다.

길은 사람에게로 이어지죠. 아무리 깊은 숲으로 숨고 끝없는 사막을 걸어도, 언젠가는 누군가와 마주칠 거예요. 고독을 선택할 수는 있어도 완전한 단절은 불가능해요. 서로 상처를 주기도 하고 위로하기도 하며 그렇게 얽혀 살아가는 거죠.

바람에 흔들리는 나뭇가지는 다른 가지와 부딪혀 소리를 내고, 파도는 서로 부딪히며 바다의 노래를 만들어내요. 사람도 그렇죠. 혼자서는 침묵에 갇힐 뿐, 사람끼리 관계를 맺어야 비로소 삶의 선율이 흘러요. 상처받을까 봐 두려워 등돌리지 말아요. 언젠가 당신을 이해해줄 누군가와 만날 거예요.

지금 가장 만나고 싶은 사람은 누구인가요? 그 이유는 무엇인가요?

망가진 것은
아름답다

> 망가진 물건은 슬프고도 아름답죠.
> 그 오랜 시절의 많은 사연과 슬픔이 녹아 있으니
> 아직 살아보지 못한 새 물건보다 훨씬 더 좋아요.

망가진 물건을 들여다보면 지나온 시간이 스며 있어요. 오래된 의자의 나뭇결에는 손길이 남고, 닳아버린 책의 모서리에는 수많은 밤이 깃들어 있듯이요. 일본의 '긴츠기'는 깨진 도자기의 틈을 금으로 메워 더욱 아름답게 만드는 기법인데, 상처를 감추기보다는 강조해서 새로운 의미를 부여하죠.

마찬가지로, 사람도 실수하고 상처 입으며 조금씩 금이 가지만 그 틈새마다 삶의 무늬가 새겨져요. 흠이 없는 것은 아직 삶을 겪지 않은 거예요. 불완전함 속에서 진짜 아름다움이 피어나는 법이죠. 그러니 많은 세월이 깃든 인생이라고 무시

하거나 퇴물 취급하기보다는, 존중과 낭만을 담아 바라보는 건 어떨까요?

소중하게 간직하고 있는 낡은 물건이 있나요? 그 물건에는 어떤 이야기가 담겨 있나요?

어린 시절에
두고 온 꿈

> 아이들은 잃어버린 봉제 인형을 찾느라
> 아주 오랜 시간을 보내기도 하죠.
> 그것은 아주 소중하니까요.

아이들은 아끼는 물건을 잃어버리면 집 안을 온통 뒤집어서라도 찾죠. 침대 밑을 살피고, 소파 쿠션을 들어 올리고, 자신의 품으로 돌아오길 울면서 기다려요. 인형은 따뜻한 밤과 꿈을 품어주던 존재였으니까요.

어른이 되면 무엇을 잃었는지도 모른 채 살아가곤 해요. 열정, 순수함 혹은 한때 가슴 뛰게 했던 꿈인지도 몰라요. 분명 어딘가에 두고 온 것은 맞지만, 굳이 찾으려 하지 않아요. 잊어버린 상태에 익숙해진 거겠죠.

어린 시절에 품었던 꿈은 어디에 있을까요? 우리가 잃어버

린 것은 어린 날의 인형이 아니라, 그것을 찾고자 했던 간절
함인지도 몰라요.

잃어버린 것 중 다시 찾고 싶은 것이 있다면 무엇인가요?

상실은
또 다른 기억

깊이 사랑하는 사람을 잃는다는 건 끔찍한 일이야.
깜짝할 사이에 영원히 사라지잖아.
다시 돌아올 방법도, 돌이킬 방법이 없잖아.

분명 같은 곳을 바라보고 있었는데, 어느 순간 그 사람이 그곳에 없을 때가 있어요. 불러도 메아리조차 돌아오지 않아요. 기억에 남아 있는 모습은 여전히 생생한데, 현실은 그렇지 않아요. 커피잔이 마주 놓였던 테이블도 허전하기만 하죠. 하루가 그 사람 없이 흘러간다는 사실이 버거워지곤 해요.

때로는 너무 보고 싶어 한 발짝도 내디딜 수 없을 때가 있어요. 그래도 계속 걸어가야만 그 기억도 함께 살아 움직여요. 상실은 모든 것이 끝난 게 아니라, 한 사람의 존재가 또 다른 방식으로 삶에 새겨지는 과정일 거예요.

잃어버린 사람과 가장 기억에 남는 순간은 언제인가요?

어른으로
산다는 것

어른들은 누구나 한때는 아이였다.
하지만 그 사실을 기억하는 어른은 별로 없다.

언젠가는 누구나 어른이 돼요. 조금은 낯설고 때로는 무거운 일들을 스스로 견뎌야 하는 순간이 찾아오죠. 그럴 때마다 사람들은 이렇게 말하곤 해요. "이제 다 컸네. 어른이 됐어." 하지만 어른은 나이를 먹어서 되는 것만은 아니에요. 마음속의 아이를 잃지 않기 위해 조심조심 살아가야 하기도 하죠.

모두 한때는 아이였어요. 햇살 좋은 오후에 소리내어 웃고, 작은 것에도 눈을 반짝이던 그런 시절이 있었죠. 하지만 많은 어른이 그 사실을 잊고 지내요. 시간이 지나면서 점점 멀어지고 가끔은 일부러 등을 돌리기도 해요. 잊어야만 견딜 수 있을 때도 있으니까요. 그렇지만 그 시절을 기억하는 용기를 잃지 않았으면 해요. 아이는 여전히 사랑받길 바라니까요.

어린 나를 만난다면 해주고 싶은 말은 무엇인가요?

일상의 평범함에서
특별함 찾기

> 넌 어쩌면 그렇게 놀라운 것들을 생각해내니?
> 다 생활에서 나오는 거야.

언젠가 길을 걷다가 낡은 벽돌 하나가 발에 걸렸는데, 평범한 돌덩이에 불과했지만 문득 궁금해졌어요. 이 벽돌은 어디에서 왔고, 얼마나 많은 비와 바람을 견뎠을까? 누군가의 손에 의해 쌓였을 때는 어떤 모습이었을까? 그 순간, 벽돌은 그저 길에 놓인 물건이 아니라 시간과 이야기를 품은 존재가 되었죠.

놀라운 생각이란 특별한 것에서만 비롯된 게 아니에요. 길거리의 작은 표지판에서, 신발 끈을 묶다 가닿은 시선에서, 마주한 한 장의 낙엽에서도 떠오를 수 있어요. 위대한 예술가

들은 세상을 바라보는 방식이 달랐을 뿐이거든요. 하루의 시작을 조금 다른 방식으로 열어보면, 사소한 관심이 어느 순간 기발한 아이디어로 바뀔 거예요.

새롭게 보기 위한 작은 실천은 무엇일까요?

반드시 돌아올 거라
믿는 마음

> 내가 마냥 슬퍼하지 않도록
> 한 통의 편지를 보내주길 부탁합니다.
> 그가 다시 돌아왔노라고…….

기다림이란 때로 한 장의 종이에 기대는 일이에요. 멀리 떠난 사람이 남긴 몇 줄의 안부로도 살아갈 이유를 찾고 하루를 견딜 힘을 얻기도 해요. 잘 지내고 있다는 짧은 문장이 한 인간이 존재하고 있음을 증명하는 가장 확실한 증거가 되기도 하죠.

하지만 끝내 소식이 오지 않을 때도 있어요. 대답 없는 우체통, 닫힌 문, 들리지 않는 발소리…….

혹시 누군가를 기다리고 있나요? 누군가의 소식을 바라고 있나요? 설령 닿지 않더라도 먼저 편지를 써보세요. 여전히 기다리고 있다고, 반드시 올 거라 믿는다고. 그러면 기다림도 외롭지 않을 거예요.

한 통의 편지가 삶을 바꿀 수 있다면 누구에게, 어떤 내용을 적고 싶으신가요?

걸어가는 길을
내 것으로 만들기

> 걷다 보니 길모퉁이까지 이르렀어요.
> 이 모퉁이를 돌며 무엇이 있을지 잘 몰라요.
> 하지만 전 가장 좋은 게 있다고 생각할래요.

길을 걷다 보면 수없이 많은 갈림길을 만나죠. 어떤 길은 곧고 명확해 보이지만, 어떤 길은 굽어 있어 끝이 보이지 않기도 해요. 어느 쪽이 옳은 길인지, 어느 선택이 더 나은 미래로 이어질지 고민하곤 해요.

그러나 인생은 지도가 없는 여행과 같아서 미리 답을 알고 나아갈 수는 없어요. 중요한 것은 완벽한 길을 찾는 것이 아니라, 내가 걷는 길을 내 것으로 만들고 그 길을 끝까지, 멈추지 않고 걸어가려는 용기일 거예요. 그러니 오늘도 한 걸음 내디뎌 모퉁이를 돌아야 해요. 그곳에서 무엇이 나를 기다

리든, 무엇이 나를 집어삼킬 듯이 덤벼들든 말이죠. 담대하고
당차게, 크게 한 걸음!

지금 어떤 갈림길이 눈앞에 놓여 있나요? 선택의 기준은 무엇인가
요?

우리는 한 번씩 어린왕자의 눈빛을 떠올립니다. 빨간머리 앤의 말간 웃음소리가 마음 한구석을 스칠 때도 있고요.

그들은 오래전 책 속에서 태어났지만 여전히 누군가의 마음을 조용히 두드리는 존재예요. 그저 이야기를 꾸미는 인물이 아니라 잊고 지낸 감정과 질문을 다시 꺼내게 하는 다정한 목소리죠.

이 책을 함께 걸어오며, 그들의 문장을 따라 삶을 바라보는 시선을 배웠습니다.

　"중요한 것은 눈에 보이지 않아."

　"내일은 새날이니까. 아무 실수도 하지 않은 새하얀 날."

이런 말은 인용구를 넘어서 마음을 붙잡아주는 말의 등불이 되어주고, 삶이 흔들릴 때 다시 꺼내볼 수 있는 조용한 위로가 되기도 하죠.

어린왕자와 빨간머리 앤은 서로 다른 세계에서 왔지만, 그들이 전한 말은 닮았습니다.

그 말들은 상처를 껴안게 하고, 사랑을 믿게 하며, 자신을 이해하는 힘이 됩니다.

우리는 종종 말에 기대어 살아갑니다. 때로는 한 문장이 하루를 버틸 힘이 되어주기도 하죠.
이 책의 어느 문장이 당신 곁에 남아 필요할 때마다 다시 손을 뻗을 수 있는 말의 조각이 되길 바랍니다.
그리하여 당신 안에 피어난 감정이 언젠가 당신의 말이 되어 또 다른 누군가에게 건네질 수 있다면, 그것이야말로 어린왕자와 빨간머리 앤이 꿈꾸던 사랑의 방식일지도 모르겠습니다.

고맙습니다, 이 문장들을 함께 걸어와주셔서.
당신의 여정을 언제나 조용히 응원합니다.

_김이율

너에게 별을 켜줄게
너에게 장미꽃을 줘

1쇄 인쇄일 2025년 5월 28일
1쇄 발행일 2025년 6월 17일

지은이 김이율
펴낸이 김순일
펴낸곳 미래문화사
신고번호 제2014-000151호
신고일자 1976년 10월 19일
주소 경기도 고양시 덕양구 삼송로 222, 현대헤리엇 업무시설동(101동) 301호
전화 02-715-4507 / 713-6647
팩스 02-713-4805
이메일 mirae715@hanmail.net
홈페이지 www.miraepub.co.kr
블로그 blog.naver.com/miraepub

ⓒ 김이율 2025

ISBN 978-89-7299-584-5 (03800)